SOFIA MARTINEZ

A oscuras

por Jacqueline Jules

ilustrado por Kim Smith

PICTURE WINDOW BOOKS
a capstone imprint

Publica la serie Sofía Martínez
Picture Window Books, una imprenta de Capstone,
1710 Roe Crest Drive
North Mankato, Minnesota 56003
www.mycapstone.com

Los datos de CIP (Catalogación previa a la publicación,
CIP) de la Biblioteca del Congreso se encuentran
disponibles en el sitio web de la Biblioteca.

ISBN 978-1-5158-2446-6 (encuadernación para biblioteca)
ISBN 978-1-5158-2456-5 (de bolsillo)
ISBN 978-1-5158-2466-4 (libro electrónico)

Resumen: Cuando en el vecindario hay un apagón por
una tormenta, Sofía y su padre crean un plan para tener la
noche perfecta en familia sin electricidad.

Diseñadora: Kay Fraser

Impreso y encuadernado en los Estados Unidos de América.
010838S18

CONTENIDO

CAPÍTULO 1

Sin luz

Sofía quiso encender la luz de su habitación, pero no pasó nada. Fue al corredor, pero tampoco había luz allí.

—¡Mamá! —llamó.

—Baja —dijo su mamá.

Sofía encontró a sus padres y a sus dos hermanas mayores, Elena y Luisa, en la cocina. Estaban escuchando la radio.

—¿Qué pasa? —preguntó Sofía.

—Hubo una gran tormenta anoche —dijo Elena.

—Y se fue la electricidad —agregó Luisa.

—¿Cuándo regresará? —preguntó Sofía.

—No sabemos —dijo el papá.

La mujer de la radio decía:

—El corte durará bastante.Prepárense para una noche sin electricidad.

—¡Ay, no! —dijo la mamá,
preocupada—. Toda la comida que
está en el refrigerador se echará a
perder.

—El delicioso helado se derretirá
—dijo Luisa.

—No, no tiene que ser así
—dijo Sofía, y abrió el congelador—.
Podemos comerlo en el desayuno.

—Mamá y papá nunca nos

dejarán hacer eso. —Elena se rio.

—¿Por qué no? —preguntó Sofía—.

¿Es mejor echarlo a la basura?

—Sofía tiene razón.

El papá sacó cucharas y tazones.

—Chocolate con chispas.

¡Mi favorito! —dijo Sofía.

Después del desayuno con helado, todos buscaron linternas, pero solo encontraron una.

—¿Es la única que tenemos? —preguntó Sofía.

—Sí —respondió la mamá.

El papá tomó su chaqueta.

—Mejor voy a la tienda.

—¿Puedo ir? —preguntó Sofía—. Por favor...

—¡Vamos! —dijo el papá sonriendo.

CAPÍTULO 2

Una idea brillante

Cuando llegaron a la tienda,
el vendedor dijo:

—Se nos acabaron el hielo y los
faroles.

—Va a ser una noche oscura
para nosotros —dijo el papá.

Pero Sofía vio otra cosa que
podían usar.

—¿Podemos comprar esa vela de calabaza? —preguntó.

—¿Para qué necesitamos una vela de Día de Brujas? —preguntó el papá.

—Nos ayudará a ver esta noche —respondió Sofía.

—Eres una niña inteligente, Sofía —dijo su papá.

Sofía miró todas las cosas del Día de Brujas. Muchas brillaban en la oscuridad.

Mientras miraba la gran variedad que había en la tienda, dijo:

—Papá, ¿podemos llevar algunos de estos? Tengo una idea.

Le susurró su idea y él sonrió.

—Muy bien. Todos nos vamos a divertir —dijo.

En el camino de regreso a casa, pasaron por la casa de la abuela.

—No hay luz, no hay televisión —dijo la abuela.

—Ven con nosotros —le dijo Sofía. Haremos un picnic.

—La familia debe reunirse cuando se corta la electricidad —dijo el papá.

—Gracias —dijo la abuela—. No es divertido estar a oscuras.

—Podría ser divertido —dijo Sofía con una gran sonrisa.

Su papá también sonreía.

—¿Qué están planeando ustedes dos? —preguntó la abuela.

—Espera y ya verás —dijo la pequeña.

Al llegar a casa, Sofía cruzó
el patio para ir a hablar con su
primo Héctor.

—¿Puedes traer tu batería
nueva esta noche? —le preguntó.

—Sí —respondió Héctor—.
¿Necesitas algo más?

Buscaron en la caja de juguetes.
Hallaron el camión de bomberos
de Manuel y el pato sobre ruedas
de la bebé, Mariela.

—Alonso también tiene algo
bueno —dijo Héctor—. Lo llevaré.

Sofía se frotó las manos.

—Perfecto.

CAPÍTULO 3

Bailamos en la oscuridad

Esa noche, la familia de Héctor fue a la casa de Sofía.

—¡Un picnic en octubre! —dijo el tío Miguel—. Casi parece verano.

—¡Para nada! —dijo Héctor, que tiritaba—. En verano no necesito usar chaqueta.

—Entra —dijo la tía Carmen—.

Comeremos pronto.

Había doce personas alrededor de

la mesa, incluida la bebé Mariela en

su silla alta.

La mamá de Sofía encendió la vela

de la calabaza, pero aún era difícil ver

la comida.

Después de cenar, Sofía invitó a todos a pasar a la sala.

El papá sostuvo una sábana como si fuera un telón. Ella desapareció detrás de la sábana y contó hasta tres.

—¡Uno… dos… tres! —¡Ta-tán!
—gritó Sofía mientras aparecía de
un salto.

Tenía puestos anillos, pulseras y
aretes brillantes. Y bailaba mientras
Héctor tocaba sus tambores y
platillos, que estaban adornados con
luces a batería.

La mamá encendió una vela y la
puso sobre el piano. Se sentó y tocó
una salsa. Elena y Luisa aplaudían.

—¡Es tiempo de bailar! —gritaron.

La tía Carmen tomó al tío Miguel
de la mano y comenzaron a bailar.

Él no era muy buen bailarín, así que la escena fue superdivertida.

El papá de Sofía dio a todos collares que brillaban en la oscuridad. La bebé arrastraba su pato con las ruedas iluminadas. Manuel encendió su camión de bomberos. Alonso agitaba su espada de luz.

La abuela cantaba y bailaba también. Agitaba en el aire su collar que brillaba en la oscuridad.

De repente, las luces parpadearon. Todos se detuvieron.

Las luces volvieron a parpadear. Y en seguida, la habitación se llenó de luz.

—¡Hurra! ¡Volvió la luz! —exclamó Héctor.

—¡Apáguenla! —gritó Sofía.

—Yo la apago —dijo la abuela, sonriente.

Y en un instante, la habitación estuvo otra vez a oscuras.

—¡Que siga la fiesta! —gritó Sofía mientras la familia entera festejaba.

Exprésate

1. Sofía y su familia comieron helado en el desayuno para que no se derritiera. ¿Crees que fue una buena idea? ¿Por qué? ¿Por qué no?

2. ¿Sabías qué planeaba Sofía cuando estaba en la tienda? ¿Hubo alguna pista en el cuento?

3. ¿Crees que la autora podría haber usado una fecha diferente en el cuento?

Escríbelo

1. ¿Qué pasa cuando se corta la luz en tu casa? Habla con tus padres sobre un plan y escríbelo.

2. Haz una lista de cinco cosas que pondrías en un *kit* de emergencia para tu familia. Si tienes tiempo, prepara uno.

3. ¿Cómo crees que se sintió Sofía cuando despertó y descubrió que no había electricidad? Escribe algunas oraciones para describir tu respuesta.

Sobre la autora

Jacqueline Jules es la premiada autorade veinticinco libros infantiles, algunos de los cuales son *No English* (premio Forward National Literature 2012), *Zapato Power: Freddie Ramos Takes Off* (premio CYBILS Literary, premio Maryland Blue Crab Young Reader Honor y ALSC Great Early Elementary Reads en 2010) y *Freddie Ramos Makes a Splash* (nominado en 2013 en la Lista de los Mejores Libros Infantiles del Año por el Comité del Bank Street College).

Cuando no lee, escribe ni da clases, Jacqueline disfruta de pasar tiempo con su familia en Virginia del Norte.

Sobre la ilustradora

Kim Smith ha trabajado en revistas, publicidad, animación y juegos para niños. Estudió ilustración en la Escuela de Arte y Diseño de Alberta, en Calgary, Alberta.

Kim ha ilustrado varios libros de cuentos, como *Home Alone: the Classic Illustrated Storybook* (Quirk Books), *Over the River and Through the Woods* (Sterling) y *A Ticket Around the World* (Owlkids Books). Vive en Calgary con su esposo, Eric, y su perro, Whisky.

Aquí

no termina la DIVERSIÓN...

- Videos y concursos
- Juegos y acertijos
- Amigos y favoritos
- Autores e ilustradores

Descubre más en
www.capstonekids.com

¡Hasta pronto!